플로랑탱은 맛있다

인지

플로랑탱은 맛있다

1판 1쇄 인쇄 2021년 8월 30일
1판 1쇄 발행 2021년 9월 5일

발행처 도서출판 문장
발행인 이은숙

등록번호 제2015-000023호
등록일 1977년 10월 24일

서울시 강북구 덕릉로 14(수유동)
전화 02-929-9495
팩스 02-929-9496

문장 시인선 010

플로랑테는 맛있다

강만수 시집

도서
출판 문장

▶시인의 말

오늘도 면도날 닮은 시를
내려놓을 수가 없다
파랗게 날이 선 채 빛나는
그 예리함을 사랑하는 까닭에

2021 여름
강만수

▶ 차례

2부

3부

4부

5부

1

K는 환하다

R이 앞으로 나갔다 s가 뒤로 돌아갔다
p가 옆으로 갔다 c가 앞으로 기어갔다
R이 옆으로 슬며시 기울어지게 된다면
p가 뒤로 돌아나가 앞에 서게 된다면
s가 뒤에서 주춤거리다 옆에 서게 된다면
c가 앞으로 기어갔다 뒤에 서성이게 되면
R은 얼룩말이 돼 초원을 달려간다
s는 코끼리가 되어 천천히 걸어간다
p는 흰눈썹황금새가 돼 날아간다
c는 호랑가시나비가 되어 팔랑인다
그것들은 달려간다 걸어간다
그것들은 날아간다 팔랑인다
그 동작들은 생각보다 빠르고 환하다
R s p c가 앞으로 또 어딜 향해 몸부림칠지
K는 알고 있다 아니 모른다

時時 空空空

空間이 굴러간다
00000 00000000 000 0000
時間이 굴러간다
——————————— 00 000
공간이 000 공간이 000 아닌 먼 곳을 향해
시간이 시간이 아닌 먼 곳을 향해
공간이000 공간이 ———————아닌
행성은 어디에
시간이 ###### 시간이 아닌
행성은 어디에
空間이 空間이 /////////////////
아닌 곳을 향해 날아간다
00000 00000 00000
時間이 時間이 아닌 곳을 꿈꾼다.
공간에서 ////////////// 시간으로
時時時時時時時時
————————— 00 00 0000 00
시간에서 공간으로 00 0000 00
空空空空空空空空空
0000 000 ######## 00 0000 00
/////////////////////////////////////
00000 00 0000 00

국수

白飯定食이 먹고 싶어 식당을 찾았다
하지만 평소 흔하게 보이던
백반집이 보이지 않는다
여름 장맛비는 쉬지 않고
길게 기일게 내리는데
飮食店을 찾아 헤매다
일순간 바로 눈앞에 들어온
오래된 국숫집 간판을 본 뒤
그 집에 들어가
비빔국수 곱빼기를 시켰다
주문한 麵이 나오기를 기다리며
빗방울 떨어지는 소리와
창밖으로 지나가는
거리의 수많은 자동차를
백색식탁에 턱을 괸 채 멍하게 바라본다
그러다 요즘 보기 힘든
놋쇠그릇에 담은 매끈한 국수가 나왔다
그저 바라보기만 해도
침샘을 자극하는 국수는
창문을 두드리는
가늘고도 긴 빗줄기를 닮았다
나는 그 길고도 긴 면발을
내 안에서 똑똑 끊어 씹고 있다
저기 저 구르는 소리들을
천천히 받아들이며

빗줄기 닮은 국수를
젓가락으로 들어올린다

南無 8778654378726

나무 1그루를 심은 뒤에 2그루를 심고 다시 또 3그루를 심었다
南無 11그루를 심은 뒤 22그루를 심었고 또 33그루를
나무 111그루를 심은 뒤 222그루를 심고 다시 333그루를 심었다
南無 333그루를 심고 222그루를 심고 또다시 1111그루를
나무 1그루에서 튀어나온 은여우 555마리와 푸르른 호수를 봤다
南無 2그루에서 튀어나온 늑대 6565마리와 먹장구름도
나무 3그루에서 튀어나온 갈매기 35355마리와 긴 사다리를 봤다
南無 11그루에서 튀어나온 당나귀 537877마리와 전화기도
나무 22그루에서 튀어나온 벽시계 7876772대와 과수원을 봤다
南無 33그루에서 튀어나온 우체통 23567111개와 가죽장갑도
나무 111그루에서 튀어나온 머그컵 3672344개와 손가락을 봤다
南無 222그루에서 튀어나온 보세창고 2378454동과 뒷마당도
나무 333그루에서 튀어나온 비행기 2222222222대와 달을 봤다
南無 222그루에서 튀어나온 컨테이너 4545333333대와 나팔꽃도
나무 1111그루에서 튀어나온 수탉 8778654378726마리와 꿈을 꿨다
南無들은 꼬리에 꼬리를 물고 늘어 서 있다 나무 1 2 3 11 22 33
나무 111 나무 222 나무 333 나무 222 나무 1111을 쉼 없이 부른다
나무 南無 나무 南無 나무 南無 나무 南無 나무 南無 나무 南無
나무를

날

시는 면도날과 같다
입속에서

아드득 백색 날
아, 아, 아

비명소리 같은
그 섬뜩함을

씹고 또 씹었다

양파

묵은 양파가 아닌 동그란 햇양파 안과 밖에서 친친 감긴
치우침 없는 한 겹을 천천히 벗겨 입 속에 밀어 넣었다
그러다 망설임 끝 사이로 보이는 無常한 토씨를 찾았다
境界와 境界線 사이 벗기고 또 벗겨내도 詩語 뒤 어룽이는
象徵과 感覺 비유로 이어진 思惟를 우적우적 씹어 삼키다
그림과 그림이 이어져서 만나는 漫畵映畵와 같다는 생각에
부엌에 서서 양파를 벗겨 입 안에서 단맛과 매운 맛 섞인
이빨에 쪼개져 으스러져 갈리는 감각을 혀에 맡기다보면
하늘과 땅 사이로 垂直軸과 水平軸은 한정 없이 멀어진다
存在를 두 겹 벗겨낸 양파를 주저 없이 果敢히 씹어나가며
온 세상 모든 골목길들은 여기에 있고 큰길도 이곳에 있다고
꺼풀을 벗겨 입에 넣고 씹게 되면 단순하지만 平等한 맛이며
어떤 맛은 서로 連繫 돼 混沌이다 不安하고 흐릿한 殘像이다
그렇게 숨을 내쉬면서 絶對的인 時間 뒤 숨은 진리를 벗기면
꿈에서도 끝없이 양파는 서로 이어져 그 향은 사라지지 않고
純白의 껍질 수를 세지도 않고 변함없이 아릿한 맛을 발한다
透明한 眞情性이랄까 맛을 통해 드러난 양파의 眞面目이랄까
그러면서 쉼 없이 나는 明澄한 언어 껍질을 벗겨 입에 넣는다
文章을 씹다보면 으음 내 입 속에서 날카로운 칼날에 혓바닥이
툭 잘려 나간 고통에 양파는 비릿한 피맛처럼 아프게 다가왔다.

Enter

ddddd ddddd vvvvvvvvv rrrrrrrrr Enter Enter Enter
wwww qqqqqqq ㄴㄴㄴㄴ ㅠㅠㅠㅠ Enter Enter Enter
ㅁㅁㅁㅁ vvvvvv nnnnnnnn xxxxxx Enter Enter Enter
zzzzzzz mmmmm kkkkkkkk uuuuuu Enter Enter Enter
eeeeeee ooooooo uuuuuuuu oooooo Enter Enter Enter
wwww qqqqqqq ㄴㄴㄴㄴ ㅠㅠㅠㅠ Enter Enter Enter
ㅁㅁㅁㅁ vvvvvv nnnnnnnn xxxxxx Enter Enter Enter
zzzzzzz mmmmm kkkkkkkk uuuuuu Enter Enter Enter
eeeeeee ooooooo uuuuuuuu oooooo Enter Enter Enter
Enter후 Enter는 Enter후 Enter Enter Enter Enter이후
Enter는 Delete다 Delete다 Delete다 Delete다 Delete다
Enter Enter Enter는 지나간다 Delete Delete도 지나간다
너는 Enter Enter 뒤 올 초조감을 지우며 Delete를 기다린다

井洞

十井洞 사거리를 지나다 열우물을 만났다
九井洞 오거리를 지나다
아홉우물을 만났다
八井洞 삼거리를 지나다 팔우물을 만났다
七井洞 육거리를 지나다
칠우물을 만났다
六井洞 사거리를 지나다 육우물을 만났다
五井洞 오거리를 지나다
오우물을 만났다
四井洞 육거리를 지나다 사우물을 만났다
三井洞 삼거리를 지나다
삼우물을 만났다
二井洞 거리를 지나다 이우물을 만났다
一井洞 거리를 지나다
그 어떤 우물보다도 깊은 우물을 만났었다
하지만 지금은 사라진 그 자리에 존재하지 않는
우물은 어디에 있는 걸까
오늘도 十井洞과 九井洞을 지나며
八井洞과 七井洞에서도 우물을 찾았지만
그 어디에도 우물은 없었다
十井洞 九井洞 八井洞 七井洞 六井洞 五井洞
四井洞 三井洞 二井洞 一井洞
井井井井井井井井井井자로만 남은
우물은 우리들 기억 속에만 남은 걸까
아니 지명으로 남았다

해운대

갈매기들 무리 지어 바다를 날고 있다
날아오를 때마다 〰〰〰 〰〰 〰〰 〰〰
자신의 그림자를 심해에 빠뜨리고 있다
〰〰〰 〰〰 〰〰 〰〰

바다는 1마리 2마리 3마리
4마리 5마리 6마리 7마리 8마리
〉〉〉〉〉〉〉〉〉〉〉〉〉〉〉〉〉〉〉〉〉〉〉〉
바다는 111마리 222마리 333마리 444마리
222222마리 333333마리 555555마리
〰〰〰〰〰〰 〰〰〰〰〰〰〰 〰〰〰〰〰〰 〰〰〰〰
갈매기 그림자를 꿀꺽 삼켰다
바다는 여전히
갈매기 무리를 씹고 있다
〈〈〈〈〈〈〈〈〈〈〈〈〈〈〈〈〈〈〈〈〈〈

방파제 앞 도심의
거대한 빌딩 숲 긴 그림자까지도
///

저 깊은 바다의 허기를 무엇으로
달랠 수 있을까
??????????? ??????????? ????????????
네 그림자도 바다를 향해 서 있다
!!!!!!!!!!!!!!!!!!!! !!!!!!!!!!!! !!!!!!!!!!!!!!

斷

늘 출렁이는 여러 想念으로 인해
허공자리에 앉아
생각이 흔들리지 않는 장소를 본다
妄念이 일어나지 않는
그곳이 어디일까
나라고 하는 나를 拘束하는
나 자신으로부터 벗어나기 위해
보이지 않는 자리에 앉아
저기 저 시간과 공간을 향해
한 덩어리로 뭉쳐진 마음을 끊었다
잘라내야만 보이는 새로운 길을 찾아

헛웃음

앞니 사이로 헛웃음이 나왔다
웃음 사이로 깨진 앞니가 보였다
깨진 어금니 사이로 눈물이 났다
눈물방울 사이로 어금니가 보였다
깨진 사랑니 사이로 신음이 나왔다
신음 사이로 사랑니가 보였다
헛웃음과 눈물과 신음 사이로
ㅎ ㄴ ㅅ이 왔다 갔다 한다

팬데믹

10일에 900달러를 환전소에서 바꿨다
스페인 행 비행기는 며칠에 있나요?
21일에 910달러를 환전소에서 바꿨다
뉴욕 행 비행기는 몇 시에 있나요?
9일에 920달러를 환전소에서 바꿨다
파리 행 비행기는 며칠에 있나요?
23일에 930달러를 환전소에서 바꿨다
모스크바 행 비행기는 몇 시에 있나요?
8일에 940달러를 환전소에서 바꿨다
마닐라 행 비행기는 며칠에 있나요?
25일에 950달러를 환전소에서 바꿨다
방콕 행 비행기는 몇 시에 있나요?
7일에 960달러를 환전소에서 바꿨다
자카르타 행 비행기는 며칠에 있나요?
27일에 970달러를 환전소에서 바꿨다
런던 행 비행기는 몇 시에 있나요?
5일에 980달러를 환전소에서 바꿨다
쿠알라룸프르 행 비행기는 며칠에 있나요?
29일에 990달러를 환전소에서 바꿨다
터키 행 비행기는 몇 시에 있나요?
A를 수없이 떠나보내며 너는 눈물을 흘렸다
요즘은 눈물을 흘릴 일이 없다
바이러스 팬데믹으로 인해

2로 시작한 날

어느 봄날 나는 아침을 2번 먹었다
식사 뒤 마트에 가서 아이스크림을 2개 먹었다
2 2
어느 여름 날 나는 점심을 2번 먹었다
식사 뒤 빵집에 가서 리치쇼콜라를 2개 먹었다
2 2
어느 가을 날 나는 저녁을 2번 먹었다
식사 뒤 다이아몬드 카페에서 커피를 2잔 마셨다
2 2
어느 겨울 날 나는 아침과 점심 저녁
각 2회씩 식사를 마친 뒤
2 2
후식으로 아이스크림 2개와 리치쇼콜라 2개
커피를 2잔씩 마셨다
2 2 2
봄 여름 가을 겨울 그 어느 날은
아침을 2로 시작해 저녁을 2로 마무리한
2의 날이었던 것 같다.
222222222222

사람2345678911121314

사람2 혹은 3이 게를 잡아먹는다

게2 혹은 3은 사람을 잡아먹지 않는다

사람4 혹은 5는 암탉을 잡아먹는다

암탉4 혹은 5는 사람을 잡아먹지 않는다

사람6 혹은 7은 돼지를 잡아먹는다

돼지6 혹은 7은 사람을 잡아먹지 않는다

사람8 혹은 9는 암소를 잡아먹는다

암소8 혹은 9는 사람을 잡아먹지 않는다

사람11 혹은 12는 양을 잡아먹는다

양11 혹은 12는 사람을 잡아먹지 않는다

사람13 혹은 14는 장어를 잡아먹는다

장어13 혹은 14는 사람을 잡아먹지 않는다

게와 암탉 돼지 암소 양과 장어는

사람들에겐 눈길도 주지 않고 지나가려고 한다

하지만 잡식성인 사람들은 게 암탉 돼지와 암소

양과 장어를 잡아먹으면서 살고 있다

오늘도 게, 암탉, 돼지, 암소, 양, 장어는

죽임을 당하는지도 모르게 사라지고 있다

사람들은 여전히 최상위 포식자로 군림하고 있다

그러나 그 자리가 언제 바뀔지는

그 누구도 알 수 없다

證明

1141111 마이너스 141000은 541111 빼기 141000은

2141111 플러스 141000은 541111 더하기 241000은

3141111 마이너스 141000은 541111 빼기 341000은

4141111 플러스 141000은 541111 더하기 441000은

5141111 마이너스 141000은 541111 빼기 541000은

6141111 플러스 141000은 541111 더하기 641000은

7141111 마이너스 141000은 541111 빼기 741000은

8141111 플러스 141000은 541111 더하기 841000은

9141111 마이너스 141000은 2541111 빼기 71000은

1014156 플러스 141000은 541111 더하기 123500은

3141111 마이너스 141000은 541111 빼기 414000은

7141111 플러스 141000은 541111 더하기 741550은

生은 마이너스도 플러스도 아님을 숫자가 증명한다

ㅍ ㄹ ㄹ 하늘

창문을 연 뒤 하늘은 어디에 있을까
며칠 전 그가 하늘을 볼 수 있었다는 말에
귀가 솔깃해 그 말을 듣고 창을 열었지만
시야만 뿌옇게 흐렸을 뿐이다
그도 말했고 그 옆에 선 그녀도 말했지만
노란 공중전화 뒤에서도
자주색 책상 앞에 앉아서도
며칠 전 본 하늘은 보이지 않았다
쉼표와 마침표 사이
느낌표와 말줄임표 사이에서도 사라져버린
파란 하늘은 어디 있는 걸까
오늘은 더욱 더 예민해져서
하늘을 찾았다

푸르른 하늘을 볼 수 있었던
그날이 언제였던지 기억도 없다

유리조각 붕어

깨진 유리조각 같은 햇살이
네 눈알 깊은 곳으로 들어왔다
드르륵 창이 열릴 때
열린 창문을 통해
눈알에서 유리조각이 빠져나갔다
그러다
물 빠진 연못의 붕어를
한손에 햇살 창 꽉 쥔 채
붕어 몸뚱이를 쿡 쿡 찔러본다
유리조각 닮은 햇살로
쿡 쿡 찌른다 찔러본다
찌르게 되면 펄떡이던 붕어가 팔딱거린다
아가미를 할딱이며
팔딱 팔딱거린다
너는 지금 사무실 책상 앞에 앉아
키보드를 두드리며
잡히지 않는 문자 붕어를 잡기 위해
웅덩이 속 붕어처럼 팔딱인다
ㅎㄷㅇㄷ 할딱인다
ㅍㄷㄱㄹㄱㅇㄷ 팔딱거리고 있다

1일에서 7일 사이

7일 전 네가 먹은 소고기
네 뱃속에서 소가 되어 울고 있다
6일 전 네가 먹은 돼지고기
네 뱃속에서 돼지가 돼 울고 있다
5일 전 네가 먹은 오리고기
네 뱃속에서 오리가 되어 울고 있다
4일 전 네가 먹은 닭고기
네 뱃속에서 닭이 돼 울고 있다
3일 전 네가 먹은 개고기
네 뱃속에서 개가 되어 짖고 있다
2일 전 네가 먹은 양고기
네 뱃속에서 양이 돼 울고 있다
1일 전 네가 먹은 칠면조 고기
네 뱃속에서 칠면조 되어 울고 있다
그것들 목소리를 네가 들었던가
혹은 네 옆을 지나가는 그가 들었을까
네가 아닌 그가 그 울음에 귀를 기울였는지
소고기와 돼지고기 오리고기 닭고기
혹은 개고기와 양고기 칠면조를
지상 위에서 잡아먹은 바 없는
나는 울음소리를 전혀 들은 일이 없다
내 귀에는 그것들 소리 들리지 않는다

어떤 근원

12분 전엔 까막딱다구리 13분 전에는 물수리가 날아들었고
아낙시만드로스와 데모크리토스는 공원벤치에 앉아 있다
22분 전 금붓꽃 33분 전에는 해바라기가 태양을 향해 고개를 쳐든 뒤
피타고라스와 아낙시메네스는 높은 산 아래 서 있다

14분 전엔 쇠부엉이 15분 전에는 비둘기가 구구거렸으며
크세노파네스와 키케로가 등을 보였다
44분 전엔 참나리가 55분 전에는 옥잠화가 활짝 핀 뒤
엠페도클레스와 아낙사고라스 옆모습이 어른거렸다

눈에 확 들어왔다 사라진 12분 전과 13분 전 사이
아낙시만드로스와 데모크리토스
으음 으 으 으 음 22분 전과 33분 전 사이
피타고라스와 아낙시메네스도 어느 순간 도술사처럼 모습을 뿅 뿅

14분 전과 15분 전 사이 잠깐 나타난 크세노파네스와 키케로는
투명망토라도 걸친 건지 어디로 몸을 감춘 걸까
44분 전과 55분 전 사이 나를 흘깃 쳐다본 뒤 고개를 돌린
엠페도클레스와 아낙사고라스는 어느 곳으로 사라진 걸까
까막딱따구리와 물수리 금붓꽃과 해바라기 쇠부엉이와 비둘기
참나리와 옥잠화

새들이 무한천공을 파닥이는 날갯짓과 꽃들이 땅을 뚫고 올라오는
숨소리는
1213223314154455 사이에서 미세하게 들린다

그러나 아낙시만드로스 데모크리토스 피타고라스 아낙시메네스
크세노파네스 키케로 엠페도클레스 아낙사고라스 이름을

목이 터질 것 같은 큰 소리로 부르고 다시 또 불러도
철학자들은 우리 앞에 모습을 드러내지 않는다
그러다 오랜 시간이 지난 뒤 마주하게 됐다
아낙시만드로스와 데모크리토스가 까막딱다구리에 물수리이고
피타고라스와 아낙시메네스가 금붓꽃이며 해바라기란 사실을

살아가면서 받아들였던 생성 뒤 소멸이라고 할까
한순간 모두 사라져 텅 빈 것 같은 공간 앞에서
지저귀는 새와 담장 아래 핀 꽃들은 몇 겁을 지난다고 해도
대자연 앞에서 하나로 연결 되어 있음을 부정할 수 없다
12분 뒤 까막딱다구리와 13분 이후에 물수리가 다시 날아들고 있음을
이런 저런 혼탁한 꿈에서 헤매다 마음을 비우니 그런 질서가 눈에
보인다

안타깝지만

부산에서 오줌을 누던 사람이 오산에 올라왔다
모텔에서 이틀을 보낸 뒤 부산으로 되돌아갔다
대구에서 방귀를 뀌던 사람이 수원에 올라왔다
여인숙에서 사흘을 묵은 뒤 대구로 돌아갔다
강릉에서 하품을 하던 사람이 원주를 찾아왔다
원주에서 나흘간 모텔에서 뭉갠 뒤 되돌아갔다
부산에서 올라온 부산 사내는 부산으로 돌아갔고
대구에서 올라온 대구 사내는 대구로 돌아갔으며
강릉에서 원주를 찾아온 사내도 강릉으로 돌아갔다
사내들은 부산과 대구 강릉으로 왜 돌아 간 걸까
그 이유는 간단하다 그저 돌아가고 싶었던 것이다
내게 연유를 묻는다면 알 것 같지만 모른다고
안타깝게도 아니 부끄럽게도 모른다고 말할 수밖에

透明한 바람

어떤 명제 앞에 프로타고라스가 있다
저런 게 있었다 그 앞에 고르기아스가 있다
어떤 명제가 있다 그 사이에 힙피아스가 있다
이런 게 있었다 그 옆에 플라톤이 있다
명제와 명제 사이 서 있는 프로타고라스
이런 것과 저런 것 사이 선 고르기아스
저런 것에 눈이 달려 있다는 명제 아래
이런 것에도 눈이 달려 있다고 말한다
저런 눈과 이런 눈 사이에서 프로디코스
저런 눈에 달린 눈으로 트라쉬마코스는
담담한 눈빛으로 온갖 사물들을 껴안았다
이런 눈에 달린 눈 사이에서 에피쿠로스
저런 눈에 달린 눈 사이에서 무소니우스는
이런 저런 사물들을 녹여서
이런 것은 무엇이고 저런 건 무엇인지
클레안테스와 크루시포스 세네카 눈에는
이런 명제들이 보이지 않고
파나이티오스와 에픽테토스 눈에는
저런 것들이 전혀 보이지 않고
그 어떤 이도 아닌 임마누엘 칸트 눈에만
투명한 빛들이 가슴속으로 들어온다고
그 누구에게도 관심을 끌지 못한 것들을 향해
서풍은 느리지만 밝게 불어온다고 했다

밑바닥 삶

화단에 심어 놓은 꽃을
사람이라면 뽑지 마세요

꽃을 쑥 뽑았다
개같은 하류인생은 그렇다

혼자 라면

이 저녁에 나 혼자라면
가스레인지 위 냄비를 올려놓고

라면을 쫄깃하게 끓여
대파와 양파를 송송 썰어 넣고

고춧가루 살살 뿌린 뒤
꼬들꼬들한 라면을 맛있게 먹을 것이다

지금 여러분들이 혼자라면 어떻게 할까
매운 라면을 끓여보면 어떨까

라면을 맛있게 먹어보자
열무김치를 곁들여

답

눈을 통해 무언가를 본다
모든 사물을 눈으로 보지만
눈은 내 안을 들여다 볼 수가 없다
눈으로 나 자신을 볼 수 없어
오늘은 그런 까닭에 답답했다
가슴속이 꽉 막힌 느낌에
순간 삶은 답이 없다고
답 없음이 답이란 생각에
그 자리에서 누군가에게
뒤통수를 가격 당한 느낌이다

천상 엘리베이터

하늘로 올라갈 수 있는 엘리베이터가 있다
사람들은 그 앞에서 ㅜ ㅜ ㅜ 기다리고 있다
10미터 115미터 1110미터 1150미터 11700미터
죽 늘어서서 ㅗ ㅗ ㅗ ㅗ ㅗ 오르기 위해
두려움을 누르며 인간 1,3,5,7,8,6,2,4,11,13,14는
자신의 순서를 오랜 시간 동안 선 채로 기다린다
창백한 얼굴이랄까 ㅠ ㅠ 혹은 무표정한 모습으로
등이 굽을 때까지라도 등이 굽을 긴 시간이어도
기다리겠다고 한다 저 높은 곳으로 ㅗ ㅗ 오를 수 있는
탑승 할 수만 있다고 하면 시간과 관계없이 기다린다
긴 줄이 줄어들지 않을 것 같은 불안감 뒤
극심한 공포감을 꾹 누르며 ㅣㅣㅣㅣㅣ 기다린다
짧은 시간에 일어나는 여러 생각들을 지워나가며
앞에 서 있는 ㅜ ㅜ ㅜ 인간들 뒤통수를 바라보면서

코끼리를 깨물었다

이 순간 너는 복숭아를 앙
이 순간 너는 토마토도 앙 깨물어야 한다
이 순간 너는 흰구름을 앙
이 순간 너는 탁구공도 앙 깨물어야 한다
이 순간 너는 야구공을 앙
이 순간 너는 골프공도 앙 깨물어야 한다
이 순간 너는 젖꼭지를 앙
이 순간 너는 궁둥이도 앙 깨물어야 한다
이 순간 너는 보리밭을 앙
이 순간 너는 전화벨도 앙 깨물어야 한다
이 순간 너는
전단지를 앙 깨물어야 한다
이 순간 너는 코끼리를 앙 깨물어야 한다
이 순간 너는
유리창을 앙 깨물어야 한다
그것들을 깨물다 말지라도 끝없이 깨문다
너를 깨물고 나를 깨물고 그들 모두를 깨물자
여기저기 기웃거리며 앙 앙 앙 앙 앙 앙
저기 저 녀석 목덜미를 깨문 뒤 놓지 말아야 한다
지금 이 순간을 위해

2

그날 엉겅퀴가 죽었다

7월 1일은 목요일이다 그날 엉겅퀴가 죽었다
7월 2일은 금요일이다 그날 황매화는 살았다
7월 3일은 토요일이다 그날 해당화가 죽었다
7월 4일은 일요일이다 그날 상사화는 살았다
7월 5일은 월요일이다 그날 동자꽃이 죽었다
7월 6일은 화요일이다 그날 참나리는 살았다
7월 7일은 수요일이다 그날 나팔꽃이 죽었다
7월 8일은 목요일이다 그날 봉선화는 살았다
7월 9일은 금요일이다 그날 능소화가 죽었다
7월 10일은 토요일이다 그날 인동은 살았다
장마가 왔다 장마가 긴 긴 장마가 왔다
비가 내렸다 밤새도록 그치지 않고 비가 온다
비가 온 뒤 엉겅퀴가 죽었고 황매화는 살았다
비가 온 뒤 해당화가 죽었고 상사화는 살았다
비가 온 뒤 동자꽃이 죽었고 참나리는 살았다
비가 온 뒤 나팔꽃이 죽었고 봉선화는 살았다
비가 온 뒤 능소화는 죽었고
엄청난 폭우를 견딘 인동은 살아남았다
꽃들은 잠깐 피었다 물 폭탄에 반은 절명했고
반쯤은 살아나 고개를 들고 하늘을 본다
지나가는 사람들은 그것들 죽음을 슬퍼하지 않고
카페에 앉아 생강차를 마시면서 무심하다
시간은 텔레비전 광고처럼 빠르게 지나간다
지난 열흘 동안 내리는 빗줄기를 물끄러미 바라보며
파란 색 우산을 받쳐 들고 명을 다한 꽃들을 생각했다

비는 그칠 것 같지 않다 종일토록 내리는 비
빗줄기 속에서 꽃들 장례식을 치러야만 할 것 같다
밤에도 잠에서 깨 가지가 꺾인 꽃으로 인해 불면이다
비 그친 뒤 햇볕 쨍할 날을 창가에 기대어 기다린다
아 으 흐 황매화와 상사화 참나리 봉선화와 인동
그 꽃들만이라도 다시 볼 수 있다는 희망에
잠을 청할 수 있었다

캐러멜치즈케이크

생크림에 달걀과 백설탕 레몬즙 박력분 소금 다이제스티브 비스킷은
내 이빨과 잇몸 혓바닥과 입천장에 붙어서 존재하는 달콤한 맛이다
오븐에서 45분 정도 구워져 나온 캐러멜치즈케이크 맛을 음미해본다
나는 지금 이 시간에 백설탕과 레몬즙 박력분이 뒤섞인 맛에 대해서
맛이 있다 정말 맛이 있다고 케이크 가게 문 앞에서 아니 뒤에 서서
진정 많은 말을 하고 싶지만 말을 아끼고 싶었기에 나는 말을 줄인다
하지만 나는 내 안에 들어온 캐러멜치즈케이크의 묘한 맛에 달달하다
특별한 레시피로 인해 행복해 질 수 있는 부드러운 맛에 푹 빠져들어
이상한 일이 아니다 말을 줄여야 하고 할 말이 없다 즐거운 맛이라고
그 케이크 가게는 종로를 지나 지금은 사라졌지만 동대문에 가게 되면
생크림과 백설탕 레몬즙이 주방에 꽉 차 있는 가게를 만날 수 있었다
뭔가 되씹어야 할 뒤틀리지 않은 과거를 지나가며 긍정의 맛을 새긴다

自由市民

憤怒의 세계에서
분노를 버린다
앙심의 세계에서
快心을 지운다
분노를 버리고
앙심을 버리자
버리자 내다버리자
버려야만 한다
개인의 獨立性과
빛나는 自由를 위해

인간은 어디에

A는 利川 書齋에 있고
S는 서울에 있고 J는 울산 카페에 있으며
D는 경주 밥집에 있다
그렇다 어느 곳이든 인간은 많다
하지만 인간 같은 인간은
그 어디에도 보이지 않는다
현자는 冥王星에 있고
銀河水 건너편 어디쯤에 있다고 한다
인간 같은 인간을 찾기 위해
A는 은하수 건너편에 갔고
홀로 명왕성에도 갔다
그러다 蔚山 카페에 들렀다
경주 남산 미륵불 앞에서
뜻을 이루지 못한다면
먼지가 될 각오로 다시 또 명왕성으로 간다
어지러운 세상을 淨化하기 위해
오래된 점퍼를 입고
수도승처럼 천천히 걸어간다
참사람을 기다리다 마냥 기다릴 수만은 없어
대낮에 등불을 들고
인간 같은 인간을 쉼 없이 찾아다녔던
디오게네스를 생각하며 발걸음을 재게 옮긴다
은하수와 서울 울산 카페와 영천주점과
慶州 밥집을 모두 끌어안고서
한 그루 사과나무를 심는 심정으로
필연적 만남을 渴望한다

개구리 알

개구리가 알을 낳았다
작은 연못에 알을 낳았다
푸르른 못가에 쪼그려 앉아 개구리 알을 세었다

14개에서 121개까지 셌다 11개에서 131개까지 셌다
31개에서 141개까지 셌다 41개에서 151개까지 셌다
71개에서 121개까지 셌다 21개에서 171개까지 셌다
131개에서 1411개까지 셌다 341개에서 1241개까지 셌다
241개에서 1351개까지 셌다 51개에서 1451개까지 셌다
451개에서 1551개까지 셌다 251개에서 2651개까지 셌다

갸골갸골 갸갸골 갸갸골 개구리 알 숫자를
갸골갸골 갸골갸골 갸골갸골 갸갸골
세지 않아도 그만인 걸 알았지만

개구리 알 수를 세어나갔다
소금쟁이들은 뾰족한 침 주둥이를 알에 박아 넣은 뒤
그 속을 빨아 먹는다

1마리 2마리 3마리 4마리 5마리 6마리가
주둥이 침을 꽂고 이어서 다른 소금쟁이들도
11마리 12마리 13마리 14마리 15마리가 몰려든다
고요한 연못이지만 이곳에도 평화는 없다

개구리 알을 모두 먹어 치울 때까지

소금쟁이들은 쉼 없이 개구리 알에 주둥이를 대고 있다

알은 올챙이가 되어 세상에 나오지도 못한 채 사라지고 있다
지금 이 순간에도 소금쟁이 먹이가 되고 있다

알들은 어떤 연유로 저 소금쟁이들로부터 벗어날 수 없는 건지
또한 어미 개구리는 왜 자신의 알을 지키지 못하는 걸까
봄날 연못은 여전히 약육강식이다

앤 섹스턴

자음과 모음은 어디 있는 걸까
철학의 원리와 판단력비판은
앤 섹스턴과 행복한 사회는
순수이성비판은 어디 있나
선험적 관념론은
언어기원론과 윤리학은 어디에
괜스레는 어디 있고
감정론은 어디에 있나
코카콜라와 풍경소리는 어느 곳에
자기투명성은 어디에 있고
사회계약론은
접근학은 어디 있고 에드워드 홀은
정신병동과 지성개선론은
타히티는 어디에 있고 고갱은
형이상학적 사유와 페미니즘은
방법서설은 어디 있나
인간불평등 기원론과 인간적자유의 본질은
그 많은 휴머니스트는
이데올로기는 어디 있나
너만 알고 나는 모르는
이런 저런 사유를 거리낌 없이 노래한
그녀는 어느 곳으로 사라진 걸까

*앤 섹스턴(1928- 1974): 미국사회에서 그동안 잘 다루지 않았던 소재를
과감하게 작품으로 표현한 여류 시인.

Sn

너는 나에게 별이다
언제 어디서나

내 안에서
늘 빛나는 별이다

쥐

왼쪽 다리에 쥐가 났다
오른쪽 다리도 쥐가 났다

왼쪽과 오른쪽 다리 모두에
생쥐가 출몰한 건지

내 다리에는 쥐가 사는 걸까
쥐나는 다리를 주무르다

왼쪽 다리에 나타난 쥐를 잡은 뒤
오른쪽 다리로 도망간 쥐도 잡았다

주물럭주물럭 다리를 주물러
두 마리 쥐 모두 잡았다

세모

입이 입을 물고
코가 코를 풀고
턱이 턱을 치고 지나간다
귀가 귀를
과거에서 미래로 향해
미래에서 과거를 향해 간다
입
입
코
코
턱
턱
귀
귀
엉덩이가 흔들흔들
머리가 머리통을 치고 간다
입
코
턱의 중심은
세모다
네모다
동그랗다
그것들은 머지않아 흙으로
되돌아가게 된다

8888888

목련 1송이 4송이 6송이
자목련 7송이 8송이 27송이
목련 21송이 34송이 46송이
자목련 221송이 334송이 446송이
목련 1송이 4송이 6송이
자목련 21송이 34송이 46송이
목련 221송이 334송이 446송이
자목련 3221송이 4334송이 5446송이
목련 1221송이 1234송이 1246송이
자목련 4221송이 4334송이 4446송이
목련 55551송이 55554송이 55556송이
자목련 633421송이 777734송이 3333346송이
목련 888221송이 888888334송이 466546송이

저기 저 있다
저기 저 백목련 뒤 서 있는

울컥 자목련 88888888송이

리모컨을 누른다

리모컨을 누르면
네 머릿속에서
드넓은 화면이 펼쳐져 보인다
R이 리모컨을 누르면
비가 우두두 쏟아져 내린다
J가 리모컨을 누르면
새하얀 함박눈이 펑펑 쏟아진다
k가 리모컨을 누르면
긴 머리 여자가 걸어 나온다
G가 리모컨을 누르면
목이 두껍고 짧은 남자가 나온다
M이 리모컨을 누르면
붉은 장미가 담장 위에서 빛난다
C가 리모컨을 누르면
꽃집에 핀 흰 백합이 빛을 발한다
Q가 리모컨을 누르면
동물원 기린이 튀어나온다
S가 리모컨을 누르면
야생 사자가 어슬렁거린다
그러다 다시 리모컨을 꾹 누르면
그 모든 사물들이 사라진다
컴컴하다 세상은 암흑이다

사회적 거리

떡집과 발자국 사이 거리는 2미터
노랑전원과 파랑정원 사이
얼었다와 녹았다 사이 거리는 2미터
신설동과 안암동 사이
여자와 남자 사이 거리는 2미터
남자와 여자 사이 거리
민들레와 목련 사이 거리도 2미터
문과 문 사이 거리
공포와 공포 사이 거리도 2미터
문 안과 문 밖 사이 거리
표정과 표정 사이 거리는 2미터
느낌표와 느낌표 사이 거리
마침표와 마침표 사이 거리는 2미터
3월과 4월 사이 거리
왼쪽구두끈과 오른쪽구두끈 사이는
막소주와 병맥주 사이
이상야릇한 웃음과 꽃집 거리는 2미터
죽은 별과 그 모든 별 사이 거리
요즘 우리 사회는 2미터로 아침을 시작해
24시간을 2미터로 마감한다.

툭

어딘가에서
후드득
연분홍 꽃잎이
떨어진다
춘풍에 쉼 없이
東에서 발톱
西에서 손톱이
南에서 비듬
北에서 비늘이
물고기 비늘 닮은
발톱 같고 손톱 같은 것들

툭 투 두둑 떨어진다
ㄲ ㅇ ㄲ ㅇ
ㄲ ㅇㄲ ㅇ ㄲ ㅇ
ㅇ ㅂ ㅎ ㄲ ㅇ
네 모가지도 떨어진다

詩詩한 生

詩들한 詩
詩들한 詩로 인해
詩詩한 生이다
이 文章도
저 文章도
다 詩들한 한낮이다
詩들詩들한 詩
그런 詩詩한
詩 때문에
중얼중얼
詩詩한 건 詩라고
재주라곤
詩 쓰는 것 외엔
없는 것 같아
詩詩한 詩를
쓰고 또 썼다
詩들詩들
그런 뒤 오늘은 쓸쓸했다
공허하다고 쓴다.

苦毒

孤獨이다 고독
苦毒이 왔다
느리게 孤獨
苦毒이
천천히 왔다
孤獨이다
孤獨
孤獨이
슬픈 고독
처절한 孤獨
뻔뻔한
고독
미친 孤獨
쓸쓸한 고독
파괴된 苦毒
孤獨은공포다
그럼에도
즐기자
孤獨

10분 전 경계에서

10분 전 시드는지도 모르게 시들었다
15분 전에 무너지는지도 모르게 무너졌다
20분 전 단절되는지도 모르게 단절됐다
25분 전에 망가지는지도 모르게 망가졌다
30분 전 불안감에 빠지는지도 모르게 빠졌다
35분 전에 분열되는지도 모르게 분열되었다
40분 전 피곤한지도 모르게 피곤해하고 있다
45분 전에 죽는지도 모르게 죽어가고 있다
50분 전 연결되는지도 모른 채
누군가와 연결되고 있다
55분 전 언덕을 굴러가는지도 모르게
어딘가로 굴러가고 있다
10이 있은 뒤 15가 있고 20이 있은 뒤 25가
30이 있은 뒤 35가 있고 40이 있은 뒤 45가
50이 있은 뒤 55가 있다
10152025303540455055
이 세상 모든 건 관계와 관계로 엮여 있다
모든 관계에서 천천히 벗어나
집착을 훌훌 털어낼 수는 없는 걸까

轟音

너는 누구냐 나는 空虛와 아우성 투우사와 破壞이고
나는 한여름이고 우주적이며 어리둥절한 꽃들이다
너는 어떤 衝突에서 그 어떤 衝動을 향해 가고 있다
나는 경비실 옆을 지나가며 우울함을 느끼고 있다
너는 누구냐 생방송 중인 여자 아나운서 陳 氏다
나는 극성스런 메뚜기를 닮은 중국인 여자를 지나갔다
너는 고래를 잡으려고 나갔다 메기도 못 잡았다고 한다
나는 다시는 내 앞에 나타나지 않을 그를 만날 일이 없다
너는 광활한 우주 앞에서 行星이 빠르게 지나가길 바란다
나는 네 책이 무엇인지 모르고 너도 역시 알 수가 없다
너는 노랗게 唐慌했다 나는 파랗게 안정됐다 어리둥절이다
나는 옷을 벗었다 다시 두툼한 옷을 입은 뒤 담배를 물었다
너는 남해에서 동해로 가지 않고 지리산으로 걸어가기 시작했다
나는 흘러가는 걸 멈췄고 그런 뒤 다시 흐르는 길을 찾았다
너는 달려 나가는 오토바이를 바라보다 轟音을 멈추게 했다
귀청이 찢어질 것 같은 우 다 다 다다 쿵하는 소리와 함께

거래

악어가 톰슨가젤이나 얼룩말을 사냥할 땐
물속에서 오랜 시간 몸을 감춘 채
눈만 끔벅이며 사냥감이 다가오길 기다린다

그러다 물을 먹기 위해 강가로 나온
가젤이나 얼룩말 목을 악어는 순식간에 낚아채
물속 깊은 곳으로 끌고 들어간다

날카로운 이빨에 목이 물린 초식동물들은
그것으로 대부분 생이 끝나게 된다
인간 세상도 그런 것 같다

거래를 위해 누군가와 접촉하게 될 경우
서류에 인감도장을 찍는 행위는 신중해야만 한다
계약서에 도장을 찍게 될 경우 일순간 상황이 바뀌어

보통사람들은 포식동물 앞에 선 초식동물 처지가
될 수 있는 까닭에

거대한 빙산

그늘이 손에 잡히지 않는 까닭에
손에 쥐지 못한 채 그들은 고통스러웠다
등 뒤에서 네 그림자가 슬그머니 다가설 때
검은 그늘이 빠져나간 기억들을 지워나갈 무렵
暗影을 뒤돌아서 살펴보다 거대한 빙산이 떠올랐다
긴 그림자가 새끼원숭이처럼 이리저리 나댈 때
이명과 같아 어찌할 방법이 없다
그림자는 강한 切迫感으로 우리에게 빠르게 다가왔고
서서히 녹아내리고 있는 저 빙산처럼 사라졌다
그럼에도 얕은 숨을 천천히 쉬는 것 같아 괴이하다

採集記

작업실에서 자판을 두드리다 무르팍에 침을 놨다
언젠가 바늘로 찔러 죽인 남방차주머니나방이 떠올랐다
작업실에서 자판을 두드리다 손등에 침을 놨다
언젠가 바늘로 찔러 죽인 붉은꼬마꼭지나방이 생각났다
작업실에서 자판을 두드리다 발목에 침을 놨다
언젠가 바늘로 찔러 죽인 참알락팔랑나비가 떠올랐다
작업실에서 자판을 두드리다 어깨에 침을 놨다
언젠가 바늘로 찔러 죽인 돈무늬팔랑나비가 생각났다
작업실에서 자판을 두드리다 발등에 침을 놨다
언젠가 바늘로 찔러 죽인 큰흰줄표범나비가 떠올랐다
작업실에서 자판을 두드리다 손목에 침을 놨다
언젠가 바늘로 찔러 죽인 산은줄표범나비가 생각났다
작업실에서 자판을 두드리다 왼쪽 귀에 침을 놨다
언젠가 바늘로 찔러 죽인 큰명주딱정벌레가 떠올랐다
작업실에서 자판을 두드리다 콧등에 침을 놨다
언젠가 바늘로 찔러 죽인 풀색명주딱정벌레가 생각났다
작업실에서 자판을 두드리다 인중에 침을 놨다
삼 개월 전 붉은 포충망에 걸려든 남생이잎벌레가 떠올랐다
작업실에서 자판을 두드리다 허벅지에 침을 놨다
오 개월 전 푸른 포충망에 걸려든 등검은실잠자리 등에도
여전히 그는 포충망을 들고 산과 들에서 채집 중이다
곤충박물관 건립을 위해 요즘 그는 설계도도 그리고 있다

부조리

껌을 씹으면서 커피를 마셨다
우동을 먹으면서 껌을 씹었다
커피를 마시면서 껌을 씹었다
껌을 씹으면서 우동을 먹었다
껌을 씹으면서 짬뽕을 먹었다
짬뽕을 먹으면서 껌을 씹었다
커피를 마시면서 김밥을 먹었다
김밥을 먹으면서 커피를 마셨다
껌을 씹으면서 피자를 먹었다
피자를 먹으면서 껌을 씹었다
피자를 먹으면서 껌을 씹었다
껌을 씹으면서 피자를 먹었다
먹는 자와 씹는 이 사이에서
씹었다 또한 먹고 또 먹혔다

질겅질겅 씹히는 모든 일상을

1 2 3 물방울과 7654 나뭇잎

여자는 지금 이 시간 물방울 속으로 들어가
하나 둘 셋 넷 ********* 물방울을 굴린다
남자는 지금 연초록 나뭇잎 속으로 들어가
7 6 5 4 3 2 하나 둘 셋 넷 나뭇잎을 키운다
여자는 지금 〉〉〉〉〉〉〉 전화기 속으로 들어가
다섯 여섯 일곱 8 8 7 6 5 누군가와 통화를 한다
물방울 속에는 물방울이 그리는 ******개 물방울들이
연초록 나뭇잎 속에는 나무가 키우는 9 8 7 6 5개 나뭇잎
전화기 속에는 누군가와 통화 중인 이들이 있다
물방울은 *********개 물방울을 굴리고 있다
나무는 7 6 5 4 3 2개 나뭇잎을 키우고 있다
전화기는 8 7 6 5 8 7 6 5명 사람들과 통화 중이다
무엇이 현실일까 저기 저 물방울 구르는 소리
연초록 나무들이 나뭇잎을 키우는
사람들과 통화 중인 그 소리들은 현실인 걸까
1 2 3 4 5 6 7 6 5 4 3 2 8 7 6 5
6 5 4 3 2 8 7 6 5 바람이 불고 있다
저 바람은 어디서 부는 건지
0 0 0 0 0 0 0 0 0 0 0 0 0 그 소리에 귀를 기울여본다

섬

나는 섬이다
너도 섬이냐?

우리 모두 섬이다
섬 아닌 섬에 살고 있다

설계사

기계 A가 태어나기 좋은 시간이다
〉〉〉〉〉〉〉〉〉〉〉〉〉〉〉〉〉〉〉〉〉〉〉〉
기계 ㅁ이 태어나기 좋은 봄이다
〈〈〈〈〈〈〈〈〈〈〈〈〈〈〈〈〈〈〈〈〈〈〈〈
기계 D가 태어나기 좋은 시간이다
~~~~~~~~~~~~~~~~~~~~~~~~~

기계 ㅇ이 태어나기 좋은 여름이다
ᴧᴧᴧᴧᴧᴧᴧᴧᴧᴧᴧᴧᴧᴧᴧᴧᴧᴧᴧᴧᴧᴧ

기계 J가 태어나기 좋은 시간이다
#######################
기계 ㄴ이 태어나기 좋은 가을이다
&&&&&&&&&&&&&&&&&&&&&
기계 K가 태어나기 좋은 시간이다
****

기계 ㄹ이 태어나기 좋은 겨울이다
??????????????????????????????
기계 W가 태어나기 좋은 시간이다
!!!
기계 ㄱ이 태어나기 좋은 계절이다
//
오늘은 기계를 만드는 기계를 손봤다
기계를 닦고 조이고 기름칠 했다

기계는 나를 배신하지 않기에

민자 다방

빨간 금붕어 가슴지느러미를 살펴보다
헤엄치는 모습에 툭 튀어나온
그 눈알을 뽕 망치로 내려치고 싶은
그런 생각이 잠깐 들었다
그러면서 나 자신이 마구 이상하다고 생각했다
갑자기 가슴과 등 머리통과
손바닥에 뿔이 돋아나
가려움증으로 인해 북북 긁고 싶은 심정이랄까
그러다 여자가 풀어헤친 머리카락에
목이 감겨 숨이 곧 끊어질 것 같은
그 여자 머릿결은 내 가슴을 마구 뛰게 하는
강력한 향수 아니 목을 조이는 밧줄이라고 할까

수족관 속 물고기들은
그녀가 풀어헤친 금빛 머리카락처럼
여전히 꼬리지느러미와 등지느러미를 흐느적거린다

깊은 상실

꿈에서도 꿈을 잃었다

3

老

늘는 것
늙을 줄 안다는 건
무엇일까
老 老 老
늙을 줄
아는 것에 대해 생각했다
잘 늙는 법은
스스로 마음을 닦아
젊은이들을 가르치고
주변을 사랑하며
아끼는 행위
하루하루 늙는 일
늙을 줄 안다는
老 老 老는
그런 것이 아닐까 싶다

新律

빨강색 벽에 못을 하나 박으며
늑대 한 마리를 머릿속에서 키웠다
주황색 벽에 못을 하나 박으며
백곰 두 마리를 머릿속에서 키웠다
노랑색 벽에 못을 하나 박으며
구관조 세 마리를 머릿속에서 키웠다
초록색 벽에 못 하나를 박으며
코끼리 네 마리를 머릿속에서 키웠다
파랑색 벽에 못 하나를 박으며
악어 다섯 마리를 머릿속에서 키웠다
남색 벽에 못 하나를 박으며
얼룩말 여섯 마리를 머릿속에서 키웠다
보리색 벽에 못 하나를 박으며
낙타 일곱 마리를 머릿속에서 키웠다
그러다 싫증이 났다
늑대와 불곰 구관조 코끼리 악어
얼룩말과 낙타에게 내 취향이 법이다란 말을
불쑥 내뱉고서 그것들을 확 팽개쳤다
그런 뒤 빨주노초파남보 벽에다
내가 망치를 들고 힘껏 박았던
일곱 개 못을 키우고 싶었다
지금 내 머릿속에선 못이 자라고 있다

16171819121314151617

월요일에서 화요일을 건너려다 16일에서 17일로 건넜다
화요일에서 수요일로 건너려다 18일에서 19일로 건넜다
수요일에서 목요일을 건너려다 10일에서 11일로 건넜다
목요일에서 금요일로 건너려다 12일에서 13일로 건넜다
금요일에서 토요일을 건너려다 14일에서 15일로 건넜다
토요일에서 일요일로 건너려다 16일에서 17일로 건넜다
16일에서 17일로 건너다 검버섯 핀 여자를 만나게 됐다
18일에서 19일로 건너려다 빵 먹는 아이를 만나게 됐다
10일에서 11일로 건너다 스키드로더가 지나가는 걸 봤다
12일에서 13일로 건너다 길가에 서 있는 노랑머리를 봤다
14일에서 15일로 건너려다 신호등이 쓸쓸하다고 생각했다
16일에서 17일로 건너다 종이인형이 살아 움직이길 바랐다
하지만 16171819121314151617 이것들에게 잡혀가지 않고
젊지도 늙지도 않는 저 시간들을 나는 천천히 끌고서 간다

베네수엘라약국 앞

저기 저 걸어가는 행인 1 어딘가로 향하는 행인 2
저기 저 저 걸어가는 행인 3 어딘가로 향하는 행인 4
저기 저 걸어가는 행인 5 어딘가로 향하는 행인 6
저기 저 저 걸어가는 행인 7 어딘가로 향하는 행인 8
저기 저 걸어가는 행인 9 어딘가로 향하는 행인 10
저기 저 저 걸어가는 행인 11 어딘가로 향하는 행인 12
저기 저 걸어가는 행인 13 어딘가로 향하는 행인 14
저기 저 저 걸어가는 행인 15 어디가로 향하는 행인 16
저기 저 걸어가는 행인 17 어딘가로 향하는 행인 18
저기 저 저 걸어가는 행인 19 어딘가로 향하는 행인 20
저기 저 걸어가는 행인 21 어딘가로 향하는 행인 22
저기 저 저 걸어가는 행인 23 어딘가로 향하는 행인 24
저기 저 걸어가는 행인 25 어딘가로 향하는 행인 26
저기 저 저 걸어가는 행인 27 어딘가로 향하는 행인 28
저기 저 걸어가는 행인 29 어딘가로 향하는 행인 30
31 32 33 34 35 202 205 300 301--------------
그들은 어느 곳으로 가는 걸까
그들 모두는 길거리 약국 앞에 줄을 지어 서 있다
무엇을 위해 그 사람들은
그곳에 선 채로 오랜 시간을 기다리고 있는 걸까
마스크와 에탄올을 사기 위해 기다린다고
2시간 또는 3시간을 기다리다 되돌아간다고 했다
자신들이 원하는 마스크와 에탄올은 손에 넣지 못한 채
그들은 기항지도 없이 표류하고 있는 걸까
아니 나는 그곳에서 빵을 구하기 위해
길가에 줄을 지어 서 있는 베네수엘라인들을 본 것 같았다

불교수행법강의

전자계산기를 두드리다 지웠다
숫자를 지웠던 계산기를 다시 들고 두들긴다

선원에서 불교수행법 강의를 들었던 기억을 그렸다
다시 수행법강의를 떠올리려고 했다

하지만 불교수행법강의를 그리려고 하면
불-교-수-행-법-강-의-는 그려지지 않았다

불교를 부르지 않아도 수행법을 불러내지 않아도
나는 불경 앞에 있고 수행법 앞에 서 있으며
불교수행법강의 뒤에서 늘 서성거렸다

그러다 위치를 바꾸어 불교가 뒤에 있고
수행법이 뒤에 있고 강의법이 뒤에 서 있다

이 순간 전자계산기를 두들길 수 없어 지울 수 없는 건지
계산기 안으로 불교수행법강의가 들어온다고 하여도

전자계산기를 지울 수 없다 영원히 그럴 것 같다
창밖으로는 삼삼오오 모인 사람들이 흩어진다

여전히 계산기를 두드리며 불교수행법강의에 집중하는 밤이다

비릿한 지문

비릿한 지문
달달한 지문
매콤한 지문 짜디짠 지문
과거의 지문 현재의 지문
지문을 드나들다
뒤죽박죽이다
객관적 지문 주관적 지문
직선적 지문 곡선적 지문
질서가 잡힌 지문
무질서한 지문
삶은 이런저런 지문들로
어지럽다
헝클어진 저 지문들을 어찌할까
울컥 지문들
기억에 새겨진
지나간 지문들을 불러 모으면
이런저런 기억들
생생하게 되살아난다

수선집

여자 뒤로
오후 햇빛이 깔린다

드드드 드 소리 외엔
그 어떤 울림도 없는

쪼글쪼글한 일상이

그녀 등 뒤에서
느릿느릿 흘러나온다

드드드드드
드드드득 드드드드득

재봉틀 박음질은
새하얀 먼지를 몰고 온다

사막에 출현한 트럭처럼

거시기 식당

거시기 식당에서
거시기한 꼬막정식을 먹었다
입에 넣고 씹어보니
그 맛이 거시기한 맛이었다
거시기 식당에서
거시기한 맛
그 맛에 대해
거시기한 맛은 무엇일까
알 수 없는 거시기
묘한 거시기에 대해
거시기 하다고 생각하며
거시기 식당에서
거시기 꼬막을 씹었다
꼬막 철이 아니어서
맛은 그저 그렇다는 아줌마 말을
입 안 깊이 음미하면서
거시기 식당 식탁 위 차려놓은
거시기 꼬막정식을 먹었다
거시시한 마음으로
거시기 식당에서 거시기하게 먹었던
오래 전 지나간 거시기 식당

숲

네게 그렇게 깊이 빠질 줄 알았다면
호수 같은 네 마음을 살짝 비껴갈 걸

블랙박스와 레드박스 사이

블랙박스와 레드박스 사이
비가 내린다
ㅂㄱㄴㄹㄷ 悲 悲 悲 悲 悲 悲 悲 悲
ㅂㄱㄴㄹㄷ 悲 悲 悲 悲
그린박스와 화이트박스 사이로
무겁게 비는 내린다
눈물방울처럼 슬프게 떨어지고 있다
ㅂㄱㄴㄹㄷ 悲 悲 悲 悲 悲 悲 悲 悲
ㅂㄱㄴㄹㄷ 悲 悲 悲 悲 悲
블랙박스와 레드박스를 건너 뛰어
그린박스와 화이트박스를 뛰어넘어 내린다
ㄴㄹㄱㅇㄷ 悲 悲 悲 悲 悲 悲 悲 悲
ㄴㄹㄱㅇㄷ 悲 悲 悲 悲 悲
그와 나는 블랙과 레드를 눈앞에서 지우고 있다
그와 나는 그린과 화이트를 지운다
그것들은 지워지고 있다
진눈깨비에 의해
무자비하게 지워진다 지워지고 있다
과거를 지우고
현재를 지우고
미래까지도 마구 지우려고 하는 건지
내린다 쏟아져 내리고 있다
ㄴㄹㄱㅇㄷ 悲 悲 悲 悲 悲 悲 悲 悲
ㄴㄹㄱㅇㄷ 悲 悲 悲 悲 悲

24시간 그 무게

삶은 견디다보면

대개 별일 없는 것처럼

지나가게 된다

오늘도 그랬다
늘 그렇길 바란다

고함

당신은 알고 있나
손등 앞에 있는
당신은 알고 있나 발등 뒤에 있는
당신은 알고 있나
콧등 옆에 있는
당신은 알고 있나 입술 앞에 있는
당신은 알고 있나
정수리 뒤에 있는
당신은 알고 있나 손가락 옆에 있는
당신은 알고 있나
손가락 앞에 있는
당신은 알고 있나 눈동자 뒤에 있는
당신은 알고 있나
눈동자 옆에 있는
당신은 알고 있나 정강이 앞에 있는
당신은 알고 있나
정강이 옆에 있는
당신은 알고 있나 정강이 뒤에 있는
나도 있고 그도 있고 그들도 있는
손등과 발등 콧등 입술 정수리
손가락과 눈동자와 정강이
그가 땅에 묻힌 뒤
모든 것들은 빠르게 흩어졌다
地水火風으로

나비

사라진 나비를
숲속에서 불렀다
하지만 숲에는
측백나무들만 우뚝 서 있고
나비는 보이지 않는다
숲은 순간
괴괴한 적막이 흐른다
다시 나비를 찾았다
다시 한 번 더 외눈이 나비를
숲길에서 불렀다
내일 또 불러야할 것 같다
그 이름은 나비, 나비, 나비
거듭 반복해서 부른다
비를 찾지 못하게 될까봐
내 마음은 지옥이다
아내가 5년 전 어느 날
길에서 데려와 함께 키웠던
냥이 이름이 나비다

콩

콩이 있다 콩알이 있다
팥이 있다 팥알이 있다
콩이 없다 콩알이 없다
팥이 없다 팥알이 없다
콩은 무엇이고
콩알은 무엇일까
팥은 무엇이고
팥알은 무엇일까
콩을 씹었다 콩맛이 났다
팥을 씹었다 팥맛이 났다
콩을 생각하고
팥을 생각하다
콩에 빠져 지냈고
팥에 빠져서 지냈다
콩을 그리면 팥이 보였고
팥을 그리다보면 콩이 보였다
아무생각 없을 땐
콩도 그려지지 않았고
팥 또한 그랬다
내 눈앞에 펼쳐지는 건
그저 숲이다

마술사의 창

창을 열자 계단이 날아갔다
계단에 올라타
모자를 벗어 던졌다
창을 열자 마네킹이 날아갔다
마네킹에 올라타서
양말을 벗어 던졌다
창을 열자 하마가 날아갔다
하마 등 위에 올라타
넥타이를 풀어 던졌다
창을 열자 새장이 날아갔다
새장 위에 올라타서
새장 속 새 두 마리를 날려보냈다
창을 열자 풀밭이 날아갔다
풀밭 위에 올라타
구두를 벗어 던졌다
창을 열자 장바구니가 날아갔다
장바구니에 올라타서
대파와 식빵을 내던졌다
창을 열게 되면 주변 모든 사물들이
눈앞에서 날아오르며 웃고 있다.

겨울 비

이부자리에 누워

빗소리를 듣다보면

온갖 잡념이 다 사라진다

겨울 빗소리는

모든 근심을 녹이는
용광로다

노출

어떤 소리를 좇아 개미 334마리가 움직인다
우주에서 무언가 다가오고 있다
천천히 다가오던 무리들이 나타났다 사라졌다
멸종된 공룡 117마리가 갑자기 튀어나왔다
네게 다가오다 슬그머니 옆으로 지나갔다
철로에서 기차가 빠르게 지나간다
그 옆과 뒤에서 1114대 자전거가 지나간다
파란 색과 빨간 색 초록 색 자전거다
그 모든 것들은 오고 있다 빠르게 온다
오는 줄도 모르게 갑자기 다가왔다
지나가고 있나니 휙 지나가고 있다
네 눈동자 안에 머물던 빛처럼

새벽

꼬끼오
꼬끼오
꼬끼오

꼬끼오 꼬끼오 꼬끼오

꼬끼오
꼬끼오
꼬끼오

꼬끼오 꼬끼오 꼬끼오

꼬끼오
꼬끼오
꼬끼오

앞마당에 풀어 놓은
다섯 마리 닭들이 운다

세 번씩 울고 있다

지난週는 지나갔다

지난週는 지나갔다

ㅍㅍㅍㅍㅍㅍㅍㅍ

느릿느릿 지나갔다 ㅆㅆㅆㅆㅆㅆㅆㅅ

지난週는 지나갔다

ㅗㅗㅗㅗㅗㅗㅗㅗ

허둥지둥 지나갔다 ㅜㅜㅜㅜㅜㅜㅜㅜ

지난週는 지나갔다

ㄸㄸㄸㄸㄸㄸㄸㄷ

허겁지겁 지나갔다 ㅃㅃㅃㅃㅃㅃㅃㅂ

지난週는 지나갔다

ㅉㅉㅉㅉㅉㅉㅉㅈ

몽롱하게 지나갔다 ㅒㅒㅒㅒㅒㅒㅒㅒ

지난週는 지나갔다

ㅣㅣㅣㅣㅣㅣㅣㅣㅣ

헐레벌떡 지나갔다

ㅓㅓㅓㅓㅓㅓㅓㅓㅓㅓㅓㅓ

지난週는 지나갔다 ㅗㅗㅗㅗㅗㅗㅗㅗ

지나간다 지나갔다 ㄲㄲㄲㄲㄲㄲㄲㄲ

지나간 週 ㅎㅎㅎㅎㅎㅎㅎㅎㅎㅎ

呪文을 읊어도 되돌릴 수 없는

지난週는 이미 지나갔다 ㅋㅋㅋㅋㅋㅋㅋ

흐릿한 행동

은박지를 구겨서 내던진 여자는
담배를 입에 문 채

느리게 골목길을 걷는다
구겨진 치마를 입고서

폐업

개들이 뛰어다닌다 1 2 3 1 2 3
한 마리 두 마리 세 마리
개들만 네 마리 다섯 마리 여섯 마리
4 5 6 4 5 6 4 5 6
고양이가 뛰고 있다 한 마리 두 마리 세 마리
1 2 3 1 2 3 1 2 3 1 2 3
고양이만 네 마리 다섯 마리 여섯 일곱 여덟
4 5 6 7 8 4 5 6 7 8
거리엔 개만 보인다 사람들은 전혀 보이지 않고
0 0 0 0 0 0 0 0 0 0 0 0 0 0 0 0
거리엔 고양이만 보인다 사람들은 보이지 않고
0 0 ㅠㅠ 0 0 ㅠㅠ 0 0 ㅠㅠ 0 0 ㅠㅠ
개와 함께 산보를 하던 여자들을 보고 싶다
0 0 0 0 0 0 0 0 ㅠ ㅠ
고양이와 함께 거리를 걷던 남자들을 보고 싶다
나와 이 거리를 걸었던
그가 내 앞에 나타날 것 같다 ㅗ ㅗ ㅗ
떠난 그가 내 앞에 나타날 일은 없겠지만
나는 지나간 시간으로 되돌아가 그와 걸었던
마트가 줄줄이 문을 닫은 그 길 위에서
식당이 하나 둘 셋 폐업한 골목길을 혼자 걷다
그를 생각했다 ㅗ ㅗ ㅗ 그를 생각하지 않을 수 없어
나도 저 마트와 카페 혹은 식당처럼 폐업인가
불안한 나 자신의 그림자를 밟고
그렇게 소리쳐 말해야 하는 건 아닐까 싶다

2는 李 氏다

2가 다가와 어금니가 욱신거린다고
변기에 앉아 똥을 싸고 있는 여동생과
선 채로 오줌을 누고 있는 조카에게 말했다
2가 이빨이 쑤시고 아프다는 소리와
특히 왼쪽 어금니 부근이 통증이 심하다는
2말은 듣는 척도 않고
여동생과 조카는 제 볼일만 보고 있다
앞니와 사랑니도 그렇다고 말했다
변기에 앉아 여전히 된똥을 누고 있는 동생과
이젠 오줌을 다 싸고 방으로 들어온 큰조카에게
2는 조카와 동생에게 2번씩 말했다 2번이다
말할 때마다 2는 2번씩
그들 둘에게 말을 하곤 한다.
그런 연유로 2는 주변인들에게 2로 불린다
가끔은 李 氏로도

茶毘式

대문 앞에 서 있던 눈사람은

봄볕에 자신을 태운 걸까

말갛게 흔적도 없이 사라졌다

손님구함

직원구함이 아닌
손님구함 광고가 눈에 꽂혔다

혹시나 해서 다시 한 번
더 살펴봤지만

돼지갈비 식당 문엔
큰 글씨로 손님구함이라고 써 붙여 났다

손님구함 손님구함 손님구함
속으로 되뇌다보니
피바다가 보인다

경제 대공황에 가깝다고 하더니
먼 곳이 아닌 가까운 곳에서

비명소리가 들린다

단념

무언가를 생각하게 되면
그 무언가를 깰 것이다
네가 어떤 일에 참여한다고 하면
그 어떤 일을 부술 것이다
네가 무엇인가를 키우려고 하면
나는 그 자리에서 바로 싹을
밟아서 뭉갤 것이다

눈알과 지느러미

고등어 눈알과 병어 눈알 OOOOOOOO
온통 갈치 눈알만 그리는

고등어 등지느러미와 병어 등지느러미
~~~~~~~~~~~~~~를 그리는

갈치 등지느러미와 잉어 등지느러미만 ㄱㄹㄷ

고등어 꼬리와 병어 꼬리 갈치 꼬리만 그리는
그리는 그린다 ~ ~ ~ ~ ~ ㄱㄹㄴ ㄱㄹㄷ

그린다 그린다 그린다 ㄱㄹㄷ ㄱㄹㄷ ㄱㄹㄷ

푸른 눈알을 그린다 등지느러미를 그린다
꼬리를 그린다 ~~~~~

그리는 그리는 그리는 ㄱㄹㄷ ㄱㄹㄷ ㄱㄹㄷ
고등어 병어 갈치를 그린다

그는 그리운 것들을 그린다

ㄱㄹㄱㅇㄷ 앞으로도 계속 그린다 그릴 것이다
그리운 것들을 그린다 계속 그려나갈 것이다

우리들 기억 속 살아있는 것들을 그린다
눈알과 꼬리로 사라진 것들을 되살려 낼 것이다

4

風光明媚

별생각 없이 집을 나와서 한참을 걷다 머리를 마구 흔들었다
어지러웠다 커다란 개 한 마리가 내 앞에서 으르르릉 거린다
개를 걷어찼다 물컹 깨깽 깨깨깽 깽 이건 무슨 느낌인지 물컹
그러다 파라구아이 멕시코 페루 브라질 인도네시아가 떠올랐다
킹 마트에 쑥 들어가 맥주를 1캔 사 선 채로 벌컥벌컥 마셨다
그가 좋아하는 그가 좋아한 그가 좋아했던 맥주를 혼자 마셨다
영국과 독일 남아프리카를 보고 싶은데 그 나라들을 갈 수 없다
오전 시간엔 밝은 시를 쓰려고 했다 으음 음 憂鬱한 시만 왔다
우울한 시를 밀어내고 밝고 상냥한 시를 쓰려고 했지만 으으음
意味 있는 시 의미 없는 시 生氣가 없는 시들시들한 詩만 왔다
무겁다 으음 으음 아이 아 아 아 아 아 아 아 이런 감정은 뭘까
네가 갑자기 나타났다 내 앞에 나타났다 다시 사라졌다 이건 또
뭘까 무엇인지 그 形骸를 너도 모른다 감을 전혀 잡을 수 없다
혼자 있는 시간은 늘 아름답다고 그렇게 말하려다 으음 지웠다
그러다 그 행위를 멈추고 부정과 긍정 사이 風光明媚를 그려본다

청포도나무

오늘도 사슴뿔 닮은
튼실한 가지를 쭉 뻗어 나가기 위해
쉼 없이 애쓰고 있다
으음 청포도다 푸르른 포도밭이
언제부턴가 옆에 있는 걸 나만 몰랐다
이젠 포도 알을
입에 넣고 콱 깨물려고 한다

오이도에서 비빔막국수에 수육을 씹다
머릿속에서 포도송이가 갑자기 떠올랐다

2030

강아지는 계절이 바뀔 때마다
눈과 함께 코가 커지기도 했지만 발도 쑥쑥 컸다

그 귀를 잡아당기며 방 안에서 놀던 아기도
빠르게 성장해 나갔다

아이는 창가에서 내려다보이는 푸른 나무들과 닮았다
아니 나무보다 그 어떤 푸름보다도 더 푸르게

아이는 이제 방 안에서 강아지와 함께 놀던 어린 시절
그 아이를 불러낼 수도 기억할 수도 없었다

세상에 나간 뒤 노는 법을 까맣게 잊은 청년은
그가 아이였을 때 강아지와 뛰놀았던 기억조차도 잊었다

그는 이제 방 안에서 놀던 아이가 아니다

눈을 감고 무엇인가를 머릿속에서 계속 떠올렸다가
지우기를 반복하며

실직한 뒤 방바닥에 누워 회백색 천장을 뚫어지게 바라보는
침울한 젊은이다

8758758758758758875

A는 오른쪽엄지발가락 발톱 위에서
거대한 수레바퀴 88888888대를 끌고 있다
B의 왼쪽엄지발가락 발톱에선
푸르른 강이 7777777개 흐르고 있다
C는 오른쪽엄지발가락 발톱에
도서관 5555555555채를 짓고 있다
88888888 7777777 5555555555

A는 오른쪽검지발가락 발톱에
코끼리 88888888마리를 키우고 있다
B는 왼쪽검지발가락 발톱 위에서
까막딱다구리 777777마리를 날리고 있다
C는 오른쪽검지발가락 발톱에
신비주의자 55555555분을 모시고 있다
88888888 777777 55555555

A는 오른쪽중지발가락 발톱에
박물관 888888888888개를 들이고 있다
B는 왼쪽중지발가락 발톱에서
노곤한 봄날 2577777을 느끼고 있다
C는 오른쪽중지발가락 발톱에
벽시계 5555555555개를 보관 중이다
88888888888 2577777개 5555555555

A는 오른쪽약지발가락 발톱에

시집 327888888885권을 소장하고 있다
B는 왼쪽약지발가락 발톱에
종교개혁가 777777777분을 모시고 있다
C는 오른쪽약지발가락 발톱에
전화기 5555555555대를 올려놨다
327888888885 777777777 5555555555

A는 오른쪽소지발가락 발톱에
감자 88888888꾸러미를 보관하고 있다
B는 왼쪽소지발가락 발톱에
음악감상실 77777777777곳을 운영하고 있다
C는 오른쪽소지발가락발톱 위에서
금붕어 5555555555마리를 키우고 있다
88888888 777777777777 5555555555

A B C는 8888888888 777777777 555555555555로 이뤄져 있다
무슨 의미인지는 내게 묻지 마라 답을 찾는 행위는 그대 몫이다

슉

시간이 흘러가고 있다

지나가는 시간에 눈길을 주다

시간이 가는 것이 아닌

나 자신이 가고 있다
미사일처럼 슈 슈 슈 슉

시간은 그대로 서 있고
나만 홀로 가는 것이다

筆耕士

깊어졌다고 썼다 흩어졌다고 쓸 수밖에
그 모든 것을 虛空에다 뱉었다고 썼다
交感과 交感 사이 사디즘과 에로티시즘
불에 탄 재가 보였다 무언가 현현했다
消滅과 不滅 幻滅과 苦鬪에 대해 썼다
주검과 고통이다 아픔이라고 받아썼다
막을 올리라고 명령한다 戰慄을 느낀다
무언가를 받아 적으며 말의 運命을 본다

금태안경

땅바닥에 떨어진 안경을 누군가 밟고 지나갔다
노인이 허리를 굽혀 안경을 주웠다
안경알이 깨졌다 금도금 안경 태도 찌그러졌다
안경을 쓰지 않으면 앞이 보이지 않는

그저 사물이 흐릿하게만 보인다는 늙은이는
안경을 새로 맞춰야만 한다고 했다
그러나 당장 먹고 죽을 돈도 없다고
돈이 없는 까닭에 두 눈도 없다고 했다

눈이 없으니 사물을 볼 수 없다고
세상은 늙은이에겐 늘 잔인하다고 말했다
늙으면 죽어야 한다는 말처럼
그래 늙어 돈 없으면 죽어야 한다 죽는 게 맞다

어르신에게 따뜻한 말 한마디조차
옆에서 건네는 젊은이를 요즘은 찾기 힘들다
그런 청년들은 정말 모두 다 사라진 걸까
없다 없어 없으니 없다 노인에겐 당연히 없다
앞으로 나가지도 못하고 뒤로 돌아서지도 못하는

그 어른 아들 직업은 안과 의사다

인간자동판매기

길가 버스정류장 옆 자동판매기에서
늘씬한 여자 14를 뺐다
도로변 택시정류장 앞 자동판매기에서
건장한 남자 17을 뺐다
경전철역사 안 자동판매기에서
빠짝 마른 여자 어린이 115를 뺐다
도로변 세탁소 뒤 자동판매기에서
뚱뚱한 남자 어린이 118을 뺐다
은화를 넣게 되면 자동판매기는
제 안에 있는 것들을 내준다
동그란 금화를 넣게 되면
원하는 곳 그 어디라도
극진히 모실 준비가 되어 있다고
청정한 마음과 몸 관리를 제공한다며
고객들에게 끝없이 홍보를 하고 있다
오늘도 그는 자동판매기 앞에서
자신이 원하는 그 어떤 무엇을 위해
금화와 은화를 번갈아 밀어 넣고 있다
동적인 즐거움의 세계로 이끌고 있는
동전은 손오공의 여의봉인가

죽

죽이라고 해서 죽였다 전복죽
죽이라고 해서 죽였다 호박죽
죽이라고 해서 죽였다 오트밀죽
죽이라고 해서 죽였다 닭죽
죽이라고 해서 죽였다 소고기죽
죽이라고 해서 죽였다 생굴죽
죽이라고 해서 죽였다 홍합죽
죽이라고 해서 죽였다 가시연밥죽
죽이라고 해서 죽였다 대추죽
죽이라고 해서 죽였다 고구마죽
씹지 않고 죽였다 죽사발 속 죽
전복죽과 호박죽 혹은 고구마죽 등을
죽이고 있다 입 안에서 천천히 죽인다
씹을 것 없는 죽 훌훌 삼킨다

循環

쑥을 씹다보니 봄
참외를 씹다보니 여름이 왔고
날밤을 씹다보니 가을
지루함을 씹다보니 겨울이 지나간다
늘 그렇게 돌고 있다
계절은 벽에 걸린
벽시계 초침처럼 빙 빙 빙

선결문제

그는 어느 겨울 날 꽝꽝 언 고드름을 먹었다고 했다
그녀는 지나간 겨울에 고드름을 단 한 번도 먹지 않았다
그는 옷걸이에 걸려 있는 코트를 입을 일이 없었다
그녀는 옷걸이에 걸린 파란색 코트를 항상 입고 다녔다
그는 거미줄 위에 올라 왕거미를 기다리겠다고 했다
그녀는 거미줄 위 올라갈 일도 없고 기다릴 일도 없다
그는 카페에서 오렌지 주스를 마시며 맛있다고 느꼈다
그녀는 카페에서 오렌지 주스를 마실 일이 없어 맛을 모른다
그는 러시아인형인 마트료시카를 손에 쥔 채 놀고 있었다
그녀는 마트료시카 대신 태국산 인형을 손에 쥔 채 놀았다
그는 세상일에 대해 납득이 되지 않는다고 말하곤 했다
그녀는 납득할 수 없는 세상일에 대해선 납득 당하곤 했다
그는 뒷걸음치다 몇 걸음 못가 뒤로 넘어지고는 했다
그녀는 뒷걸음칠 일이 없었던 연유로 넘어질 일이 없었다
그는 어떤 괄호 안에 들어 있어서 삶이 구속을 받는다고 했다
그녀는 그 어떤 괄호 안에도 든 일이 없어서 자유롭다고 했다
그는 사각형 지우개를 들고 자신을 천천히 지우고 있다
그녀는 지우개로 자신을 지울 일이 없기에 지우개를 내버렸다
그와 그녀의 시간은 각기 다른 방향으로 흐르는 것 같다

미완의 중간자

초록 문을 열었다 완성은 없다
청색 문을 열었다 미완성이다

황색 문을 열었다 완성은 없다
적색 문을 열었다 미완성이다

백색 문을 열었다 완성은 없다

완성을 향해 초록 문과
완성을 향해 청색 문을
완성을 향해 적색 문과
완성을 향해 백색 문을 열어나갔다
완성이 없는 길 앞에 서서 문을 연다
네가 가는 이 길은 험난한 길이다
이 길에서 벗어날 길이 보이지 않는다
예술이란 길은 그런 걸까

내 옆을 지나간 午前

어제 오전을 지나갈 때
朴 氏가 길을 걸어갔다
어제 오후를 지나갈 때
鄭 氏가 길을 걸어갔다
어제 저녁을 지나갈 때
崔 氏가 길을 걸어갔다
공군군악대 소리가 힘차게 울려 퍼지는 소리
육군군악대와 해군군악대 소리
동시에 울려 퍼질 때
얼음덩어리 닮은 차가운 음을 귀에 새긴 뒤
솥에서 펄펄 끓는 뜨거운 소리를 사로잡고서
어제 오전에 朴 氏가 길을 걸어갔다
어제 오후에 鄭 氏가 길을 걸어갔다
어제 저녁에 崔 氏가 길을 걸어갔다
오전 시간을 걸어간 朴 氏
오후 시간을 걸어간 鄭 氏
저녁 시간을 걸어간 崔 氏
朴 氏와 鄭 氏 崔 氏는
새처럼 날고 싶은 마음을 지운 채
오전과 오후 저녁 시간을
쇼팽을 들으면서 걸었다
그 셋은 모두 다 하루를 지나갔다
되돌릴 수 없는 24시간을 폭염과 함께

난해한 구두뒤축

나비 22가 난해하다 신통하게 날아다닌다
앵두 33이 어지럽다 달콤하게 씹히는 앵두
벽시계 55가 기묘하다 정확한 벽시계
미륵불 777은 명확하다 구세주 미륵불
구두뒤축 188이 이해됐다 기울어진 구두뒤축
박하사탕 11이 위태롭다 입 안이 싸한 박하사탕
뾰족한 열쇠 398이 날카롭다 음험한 열쇠
22335577이 명확하다 구두뒤축 18811398
엑스레이 68은 허망하다 절묘한 엑스레이
투우사 333은 거칠다 사나운 투우사
노랑무당벌레 55는 환상적이다 빛나는 무당벌레
고결하다 저것들은 기이한 군청색이다
본성이 97퍼센트 난해하다고 여겼다
683335597은 683335597도 683335597이
모호한 문장 앞에서 슬픔이 애매하다고 썼다
요즘은 도대체 무언가가 무엇인지
종잡을 수 없이 그저 시간만 흐르는 것 같다
해석 되지 않은 시간들은 분별이 되지 않는다

느릅나무 카페 안 12시

10시를 카페 안에서 커피를 마시며 기다리다
커피를 마시며 카페 안에서 기다리는 9시를 봤다
8시를 카페 안에서 녹차를 마시며 기다리다
녹차를 마시며 카페 안에서 기다리는 7시를 느꼈다
6시를 카페 안에서 밀크티를 마시며 기다리다
밀크티를 마시며 카페 안에서 기다리는 5시를 새겼다
12시를 카페 안에서 생강차를 마시며 기다리다
생강차를 마시며 카페 안에서 기다리는 11시를 봤다
15시를 카페 안에서 오미자차를 마시며 기다리다
오미자차를 마시며 카페 안에서 기다리는 14시를 느꼈다
16시를 카페 안에서 홍차를 마시며 기다리다
홍차를 마시며 카페 안에서 기다리는 15시를 새겼다
17시를 카페 안에서 핫 초코를 마시며 기다리다
핫 초코를 마시며 카페 안에서 기다리는 16시를 봤다
19시를 카페 안에서 옥수수차를 마시며 기다리다
옥수수차를 마시며 카페 안에서 기다리는 18시를 느꼈다
21시를 카페 안에서 포도주스를 마시며 기다리다
포도주스를 마시며 카페 안에서 기다리는 20시를 새겼다
꿈속에서처럼 그는 시간에 구애 없이 차를 마시고 있다

3에서 1111129까지

3인가 444인가
5인가 7777인가
1인가 555555인가
2인가 88888인가
16인가 1113인가
15인가 11112인가
10인가 11114인가
11인가 1111117인가
14인가 2333333339인가
씻는 건가
씻지 않는 걸까
씻지 않고 있다고
비누로 30초 이상
늘 씻고 있다고
버스를 타고 다닌다고
대학이 없는
대학로 행
전철을 탄다고
그러다 자전거와
오토바이를 탄다고
자가용과
비행기를 타겠다고
그는 오는 건가
오지 않고 있는 건가
지나간 걸까

그는 얼결에
444777755555
8888111311121114
1117 2333333339
자판 위 숫자처럼
휙 지나갔다

無邊虛空

그는 1초에 1번 죽는다 그는 2초에 2번 죽는다
그는 3초에 3번 죽는다 그는 4초에 4번 죽는다
그는 5초에 5번 죽는다 그는 6초에 6번 죽는다
그는 7초에 7번 죽는다 그는 8초에 8번 죽는다
그는 9초에 9번 죽는다 그는 10초에 10번 죽는다
그가 1초에 1번 죽기 전에 달걀이 익었다고 한다
그가 2초에 2번 죽기 전 참외가 익었다고 한다
그가 3초에 3번 죽기 전에 콩떡이 익었다고 한다
그가 4초에 4번 죽기 전 고구마가 익었다고 한다
그가 5초에 5번 죽기 전에 조개가 익었다고 한다
그가 6초에 6번 죽기 전 꽁치가 익었다고 한다
그가 7초에 7번 죽기 전에 수박이 익었다고 한다
그가 8초에 8번 죽기 전 감자가 익었다고 한다
그가 9초에 9번 죽기 전 완두콩이 익었다고 한다
그가 10초에 10번 죽기 전 토마토가 익었다고 한다
그러나 11초에 11번 아니 111번 아니 1111번 죽는
그 순간 일어났다 사라지는 저 바람은 알 수가 없다
無邊虛空은 헤아릴 수가 없다

돌아가는 벽

동쪽 벽으로 나가서 동쪽 정원 꽃들에게 물을 주었다
서쪽 벽으로 나가서 서쪽 정원 나무에게 물을 뿌렸다
남쪽 벽으로 나가서 남쪽 정원 꽃들에게 물을 주었다
북쪽 벽으로 나가서 북쪽 정원 나무에게 물을 뿌렸다
동쪽 정원 꽃들을 향해 돌아가다 벽 앞에서 우쭐했다
서쪽 정원 나무를 향해 다시 가다 벽 옆에서 흔들렸다
남쪽 정원 꽃들을 향해 돌아가다 벽 앞에서 주춤했다
북쪽 정원 나무를 향해 다시 가다 벽 옆에서 멈춰 섰다
어쩌다 그는 동서남북 벽 앞에서 거미줄에 걸린 것 같다
동쪽 벽 서쪽 벽 남쪽 벽과 북쪽 벽은 거대한 거미줄이다
동서남북 벽들은 지금 이 자리에서 넘을 수 없는 벽이다
그는 벽 앞에서 벽을 건너가지 못한 채 벽 앞에 멈춰 섰다
그러다 벽을 돌아 다시 벽을 넘어서기 위해 훌쩍 날았다

젖어들었다

어느 날 젖었다 ㅇ ㄴ ㄴ 젖어들었다
어느 날 젖고 있었다

어느 날 젖지 않았다 ㅇ ㄴ ㄴ 젖지 않았다고
어느 날 젖을 일이 없었다고

이틀 전 젖었다 사흘 전 ㅇ ㄴ ㄴ 젖어들었다
나흘 전 젖고 있었다

닷새 전 젖지 않았다 엿새 전 젖지 않았다고
이레 전 젖을 일이 없었다고

어느 날 젖어들다
내 꿈이 사라지고 산이 사라지고 강이 사라진다

젖어들다 젖어드는 순간에 나 자신이 사라진다고
젖어들다 젖는 것에서 벗어난 순간

오늘도 나는 또다시 젖어든다 젖어들고 있었다

宇宙 山人

여산은 전 세계 1만개 문파를 거느린 宇宙 詩館을 창시한 1대 교조임을
밝힌다. 그동안 몇 채의 집을 지었는가. 東西南北 방향에 2만여 채를
지었다. 현재 짓고 있는 집은 누가 設計한 걸로 짓고 있는가. 앞으로
지을 詩集들은 어떤 방법으로 지을 건가에 대해. 그는 이런저런 계획을
갖고 있다. 하지만 그건 그저 계획이고 설계는 設計일 뿐이라고
생각한다. 그런 연유로 삶의 매순간 다가온 순간을 완성시키기 위해.
都心 빌딩 숲 사이를 이리저리 휙 돌아가게 될지. 불같은 熱情으로
앞에 선 모든 것들을 허문 뒤. 현재와는 전혀 다른 세계를 찾아가게
될지. 그러다 순간 마음이 바뀌어 또 다른 방향으로 나가게 될지 그
역시 모른다. 낯선 사물 뒤 어룽이는 微細한 균열을 닮은 그의 思惟가
어디에서 온 건지. 날이면 날마다 날을 세운 채 멈춰지지 않는 생각
뒤. 언어와 사물이 내뱉는 느리고도 애매하게 흘러가는 물결 앞에서.
일순간 다가왔다 이내 사라질 刹那를 잡기 위해 그는 지금 이 순간에도
그물을 힘껏 던진다. 출렁이는 뱃전에서 끌어올린 그물엔 미래에
실현될 꿈이 펄떡인다.

이상한 廢墟

외로움은 希望이다 아니 희망적이다
괴로움은 絶望이다 아니 절망적이다
희망이다 아니 희망적인 것에 대해
절망이다 아니 절망적인 것에 대해
희망과 희망적인 건 廢墟에서 온다고
절망은 절망적인 건 폐허에서 온다고
희망은 희망적인 拷問 때문에
희망을 내던지고
절망은 절망적인 苦痛으로 인해
절망을 내던지고
순간순간 희망은 希望的인 사실 때문에
외롭다고 느낀다
순간순간 절망은 絶望的인 이유로 인해
괴롭고 고통스럽다고 느낀다
희망이다 희망적이다
절망이다 절망적인 사이를 오고 가며
그 무엇인지도 모를 희망에 대해
그 누구도 모르는 절망에 대해
希望的이 되어서 絶望的인 상황에
희망과 절망을 훌쩍 건너 뛰어
絶望이 되어 절망이란 다리를 건넜다
희망이 되어 希望이란 다리를 건너갔다
인생길은 이상한 냄새로 뒤섞여 있다

찐빵맛과 붕어빵맛

명일동 붕어빵이 웃고 있다
독산동 잉어빵이 울고 있다
가리봉동 찐빵이 흐 흐 흐
붕어빵이 명일동에서 웃을 때
잉어빵이 독산동에서 울 때
찐빵이 가리봉동에서 ㅋㅋㅋ
웃다가 울다가 흐흐흐
흐흐 ㅋㅋ 울다가 웃다가
붕어빵이 꿈틀거린다
잉어빵이 허우적거린다
찐빵이 뻣뻣하게 굳어간다
명일동과 독산동을 지나
가리봉동 골목길에서
꿈틀거리고 허우적거리며
뻣뻣하게 굳어가고 있다
웃고 있다 울고 있다
흐흐흐 무언가를 바꾸기 위해
웃음과 울음 모두 잃고서
붕어빵과 잉어빵 그리고 찐빵은
입 안에서 씹혀 내장이 터지고 있다

일용직 노동자

하루를 쉰다는 건
24시간을 굶는 행위

몸이 아프게 되면
생계를 꾸리지 못한다

그런 까닭에 쉬거나
아플 수도 없다

일용직에게 삶의 무게는
감당할 수 없을 정도로

끝없이 어깨를 짓누른다
삶이 끝날 때까지

青年

4월은 단 한 번도 네게 가볍게 오지 않았다
4월은 늘 빚쟁이처럼 무겁게 다가오곤 했다
4월은 가슴을 찔러 깊은 상처를 남기곤 했다
4월은 슬픔이나 우울이란 말로는 대체 되지 않는
그 어떤 상실감으로 다가와 우리를 흔들고는 했다
4월은 그랬다 그렇게 다가왔다 지나가곤 한다
4월이 빠르게 조금 더 빠르게 지나가기를 원했다
4월이 지나간다 무모한 4월이 용감하게 달려간다
4월은 나약한 사람들에겐 너무나 힘겨운 시간이다
4월 앞에선 눕고 싶어도 누울 수도 없었다
4월이 누운 사람들을 밟고 함성처럼 지나가고 있다
4월은 두려움 없는 청년들로 인해 미래를 창출한다

나눠 먹었다

파랑우산을 나눠 먹었다
노랑우산도
파랑 우산살을 먼저 먹었다
노랑 우산살도
엄지손가락을 나눠 먹었다
엄지발가락도
손톱자국을 나눠 먹었다
발톱자국도
피아노를 나눠 먹었다
첼로도
피아노 소리를 나눠 먹었다
첼로 소리도
패션 잡지 속 피자광고를 먹었다
잡지 속 초콜릿도
북쪽 하늘을 잡아먹었다
남쪽 하늘도
나눠 먹지 않겠다고
발버둥치는 그것들을 사냥해
나는 그와 함께 마음속 자유를 포함
천하만물 위 펼쳐진 모든 걸 나눴다

쉼 없는 날갯짓

우루루 쾅 비가 온다 우산이 없다

우중충 비가 온다 늘 우비도 없다

삶은 그런 것 같다

그러나 관계없이 길을 간다

가다보면 목적지에
도착하게 된다는 믿음으로

쉬지 않고 간다
비를 피할 수 있는 장소가

곧 나타날 것이란 생각에

장대비를 뚫고서라도
길을 간다

5

플로랑탱은 맛있다

小說을 쓰기 위해 H는 횡단보도를 건너가서
라면 3박스를 샀다
詩를 쓰는 인간 K는 골목길을 걸어가
마트에서 초콜릿을 손에 쥐었다
작가가 되기 위해 H는 골방에 들어가기 전
生水 묶음 여러 다발도 샀다
K는 食堂에서 땀을 뻘뻘 흘리며 얼큰칼국수를 주문했다
H는 13시간 동안 의자에 앉아
컴퓨터 자판을 두드렸다
自轉車를 타고 가는 남녀가 삼층 창 아래로 지나간다
H는 괴괴한 방에 틀어박혀
며느리밥풀꽃이 정원에 피는 걸 눈여겨봤다
K는 가끔 카페 바람의 언덕으로 가 커피를 마셨다
H는 대로변 파란풍차 서점에서 소설책 3권을 샀다
시를 쓰는 일이 生業인 K는 온갖 사물들에 빠져 지낸다
H는 지루하다는 생각 없이 이런저런 궁리를 하며 서성인다.
늦은 오후 시간에 시인 폴 엘뤼아르의 자유를
여자 성우가 라디오 방송국에서 생방송으로
빠르게 낭송하는 목소리가 방 안에 울려 퍼진다
H는 가끔 피아노 건반을 두드리며 탈레스를 생각한다
K는 베고니아에 천천히 물을 주면서 花草들 앞에 선다
날이 밝았다 날이 저물었다 날이 또 밝았다
변할 것 없는 날들이 느린 듯 빠르게 변하고 있다
지나가지 않을 것 같은 고통스런 날들이 지나간다.
이런저런 시간들을 불러내 함께한 이름들을 부르면

묘한 감회랄까 생각이 보이지 않는 것들을 느낀다
푸른 색 건물 옆 원형분수대를 끼고 돌아가다
그것들은 아무것도 갖고 있지 않다고 받아들인다
쓰는 인간의 무게가 쓰지 않는 인간들 무게를
마구 건너뛰어 의식을 누르고 있음에
아주 특별한 놀이를 닮은 것 같은
無量한 思는 무게가 있는 걸까
無도 무게가 있는 걸까 그것은 어슷비슷하다
도심 한가운데 우뚝 선 34층 진초록 건물을 지나다
갑자기 휘뚝거렸음에 대해 K는 말하고 있다
1번의 經驗으로 끝없이 움직이는 1111번을 쓰고
11111번의 記憶으로 변화하는 111111번을 쓰고 있다
바게트를 손으로 잘게 뜯어 먹었다고
K는 오고 가는 것들의 장면을 굼뜨게 드러낸다.
누구도 흉내 낼 수 없을 것 같은 표정이 돼
플로랑탱은 정말 맛있다고
아몬드를 얇게 얹어 구운 과자라고 중얼거린다
오랫동안 시를 쓰며 K는 여전히 혼자다
하지만 밤낮으로 쓰는 행위엔 변함이 없다
올리비아 뉴튼 존의 Blue Eyes Crying In The Rain을
별생각 없이 따라 부르며
K는 말한다 무언가 반드시 존재할 것 같은
식당과 혹은 카페에서 완전한 그 어떤 행위를 위해
오래 된 황갈색 冊床 위에서도 쓰게 된다고
웅덩이 속에서 할딱이며 웅덩이 속 사물만 보다

웅덩이에 갇힌 눅눅한 답답함을 견딜 수 없어
무언가를 움직이게 하는 강한 힘으로 인해
靜寂인 그 안에서 力動的인 세상 밖에 눈길이 갔다
K는 1111111133331777번 생각을 거듭한 끝에
어떤 이유도 아닌 운명에 奮然히 저항하기 위해
어느 날 웅덩이 밖으로 과감하게 나가게 됐다
어느 쪽으로도 기울어지지 않고
오늘도 限定 되지 않은 인간인
그 어느 것에도 한정이 없는
K는 삼천 오백 번 혹은 삼십삼만 오천 번인지 모를
순간순간을 사물들과 疏通하며
밥을 먹듯이 물을 마시는 것처럼 글을 썼다
지금 이 시간에도 森羅萬象과 교감한다
무언가 비슷하지 않은 문자들을 불러들여 삼킨다
입 안에서 플로랑탱을 아드득 씹어 먹듯이
그렇다 K는 쓰기 위해 存在하는 시를 쓰지 않는다면
존재 그 이유를 찾을 수 없는 인간이다

* 플로랑탱: 쿠키 반죽 위에 아몬드와 캐러멜을 얇게 얹어 구운 프랑스 과자

吉安

청송에서 길안을 가다
그곳 초입에서 빨간 사과 3만원어치를 샀다
시간은 오후 17시 40분을 지나고 있었다
근처 적당한 식당에서
한 끼를 해결하고 서울 행 고속도로에 올라야 했다
사과를 내게 팔았던 30대 총각에게 물었다
인근 맛집을 소개해 달라고 부탁했더니
그는 주저함 없이
태광식당에서 골부리국을 먹으라고 권했다
골부리국이 무어냐고 되물으니
다른 지역에선 올갱이국이라고도 부른다며 말했다
길안당구장과 연다방을 천천히 지나가다
사십대 쯤 되어 보이는 아줌마가 문을 열고 내다본
바다가 전혀 보이지 않는
바다횟집 옆에는 태광식당이 있었다
메뉴는 골부리국과 잡어매운탕
그리고 골부리된장찌개와 된장찌개가 있었다
나는 식당할머니에게 그곳을 자주 찾는 단골처럼
지상에서 가장 편안한 자세로 앉아
골부리국을 바로 주문했다
음식이 나오기를 기다리며
이곳 길안에서 택시를 잡기 위해 애썼던 여행자에 대해
「길안에서 택시잡기」란 제목으로 시를 쓴
젊은 장정일의 시가 문득 떠올라

식탁 앞에서 청강과 마주한 채
낮은 목소리로 길안에서란 시를 읊조렸다
그가 썼던 것처럼 길안은 시골이다
나는 골목길에서 어스름 빛을 받아들이며
1식 4찬의 저녁을 느긋하게 하려고 한다
吉安에서 택시를 기다리던 여행자는
길안에서 택시에 올라타
그가 원하는 장소에 갈 수 있었던 걸까
길안에서 골부리국을 씹어 넘기다
그는 다른 모든 곳에서 택시를 탈 수 있었다고 했는데
과연 길안에선 택시에 오를 수 있었던 건지
갑자기 지나간 시간 속으로 되돌아가
길안면 어디쯤인가에서
택시를 타기 위해 서 있는 사내를 만나고 싶다
지금 이 시간 식당으로 그를 불러내
얼큰한 잡어매운탕을 안주 삼아
걸쭉한 막걸리 혹은 맑고 투명한 소주라도 한잔 나누고 싶다
하지만 현실에선 불가능한 일이었으므로
나는 길안에서 택시를 오랫동안 기다리는 여행자에 대해 쓴
그의 시를 더듬더듬 낭송하는 것 외엔 다른 방법이 없었다
궁벽한 이곳에서 택시를 부르거나
길가에서 기다릴 일이 없는 붉은 해가 지고 있다
그렇게 된장찌개 냄새가 코끝을 찌르는
이곳의 시간도 흐르고 있다
어둠이 다가오고 있다 내 흐릿한 기억을 더듬어

시를 읊다 읊조리길 멈추기를 거듭 반복해
「길안에서 택시잡기」를 다시 또 낭송했다
그는 길안에서 혼자였지만 내 곁엔 벗이 있다
그런 연유로 딱히 외로울 일도 없건만
오래된 골목길이 내 눈 안으로 쓰윽 들어오는
길안이라고 말하면 뭉클한 그 어떤 것들을 뛰어 넘어
내겐 어둡고 불편한 그림자처럼 고독이 다가왔다
길안엔 가지도 않고 시인은 무전여행자의 삶을 소재로
「길안에서 택시 잡기」를 타자기 종이를 여러 번 갈아 끼워
퇴고를 거듭하면서 하얗게 밤을 밝히고 있다
그러다 부스스한 아침을 맞아 세수를 하려고 한다
현실은 무엇이고 비현실적인 삶은 무엇인지
시인을 몽상가 혹은 그 무엇이라고 표현해야 할까
골부리국을 맛있게 먹은 뒤 식당을 나와
길안에서 택시를 잡을 일이 없어 택시를 잡지 않고
백색 박하사탕을 닮은 순결한 언어를 아드득 씹으며
우리 둘은 망설임 없이 검정색 코란도 승용차에 올라 서울로 향했다
푸르고 붉게 빛나는 달빛을 가르며 도로를 내달렸다

*吉安 : 경상북도 안동 지역의 면소재지이며 그곳의 옛 지명이다.